»Nun lieg ich wach ...«

Gedichte über den Schlaf

»Nun lieg ich wach ...«

Gedichte über den Schlaf

Herausgegeben von Eberhard Scholing

Reclam

RECLAMS UNIVERSAL-BIBLIOTHEK Nr. 14586
2024 Philipp Reclam jun. Verlag GmbH,
Siemensstraße 32, 71254 Ditzingen
Gestaltung: Cornelia Feyll, Friedrich Forssman
Druck und Bindung: Esser printSolutions GmbH,
Untere Sonnenstraße 5, 84030 Ergolding
Printed in Germany 2024
RECLAM, UNIVERSAL-BIBLIOTHEK und
RECLAMS UNIVERSAL-BIBLIOTHEK sind eingetragene Marken
der Philipp Reclam jun. GmbH & Co. KG, Stuttgart
ISBN 978-3-15-014586-9
www.reclam.de

Inhalt

Ich habe nur zwei Götter, dich und den Schlaf.
Ihr heilet alles an mir, was zu heilen ist, und seid
die wechselweisen Mittel gegen die böse Geister.

*Johann Wolfgang Goethe: An Charlotte von Stein,
Weimar, d. 15. März 1785*

Vorwort

»Eine schlaflose Nacht«, heißt es in Hermann Hesses Erzählung *Schön ist die Jugend* (1916), »ist immer eine lästige Sache. Aber sie ist erträglich, wenn man gute Gedanken hat.« Wenn man daliege und nicht schlafen könne, würde man schnell ärgerlich werden. Stattdessen könnte man aber auch seinen Willen brauchen und an etwas Gutes denken. So lautet zumindest der Rat eines Vaters an seinen Sohn, der wegen eines Kummers die Nacht nicht geschlafen hat – ein tröstlich gemeinter, aber schwer zu befolgender Rat, ist doch nächtlichen Grübeleien mit Willen allein kaum beizukommen.

Schlaflosigkeit, ob mit positiven oder negativen Gedanken einhergehend, hat seit jeher auch das Interesse von Dichterinnen und Dichtern erregt und sie zu wunderbaren Gedichten inspiriert. Frühe Zeugnisse davon finden sich bereits bei der antiken griechischen Lyrikerin Sappho von Lesbos (um 600 v. Chr.). Zwischen Sapphos Vers »Ich aber liege allein«, den traurigen Worten einer Schlaflosen, und dem Vers »Nun lieg ich wach im dumpfen Bettverschlag« des österreichischen Dichters Theodor Kramer (1897–1958) liegen zweieinhalb Jahrtausende lyrischer Auseinandersetzung mit Schlaf und Schlaflosigkeit in allen ihren Spielarten.

Die vorliegende Anthologie enthält eine kleine, auf deutschsprachige Autorinnen und Autoren beschränkte Auswahl aus jenem vielgestaltigen Werk. Versammelt wurden die schönsten Gedichte über den Schlaf von 91 Dichterinnen und Dichtern aller literarischen Epochen, vom Barock bis zur Gegenwart. Kein Buch zum Einschlafen, sondern ein Abendbrevier für Lyrikfreunde, die sich dem Schlaf und seinem oft ungeliebten Gegenstück, der Schlaflosigkeit, auf dem Wege der Poesie nähern möchten.

Eberhard Scholing

Allein mit sich selbst

Schlaflose Nacht, du bist allein die Zeit
Der ungestörten Einsamkeit

In der Nacht

Wenn alle schlafen, sitz ich oft allein,
Und willig leihe ich mein Ohr der Nacht.
Weisheiten rinnen da in mich hinein,
Die ich nicht hören kann, wenn alles wacht.
Es ist, als zeigten mir die Dinge so
Am grauen Tag nur ihre Oberfläche,
Nachts, wenn nicht mehr die vielen Blicke roh
Auf ihnen ruhn, ihr Wesen zu mir spräche:
Wenn seltsam Lust und Schmerz in eins verklingt,
Dunkel das große Lied des Weltalls rauscht,
Mein Herz mit seiner wilden Gier versinkt,
Nur meine unbewegte Seele lauscht.
Ich höre die geheimen Räder gehen:
Wie sie sich drehen, muss sich alles drehen.

Dämmerung

Beethoven son cis moll

Ich lieg' und sinne. pendelschläge sacht,
sonst dunkel tiefe stille. sommernacht.

Im stübchen leises dämmern. gleitend bricht
durch kaumbewegte ranken mondenlicht.

Die Horen schlingen ihren strengen tanz
am firmament in geisterblauem glanz.

und du schwebst her zu mir aus hohem raum –
ich kenne deine märchentritte. traum –

Schlaflose Nacht

Schlaflose Nacht, du bist allein die Zeit
Der ungestörten Einsamkeit!
Denn seine Herde treibt der laute Tag
In unsern grünenden Gedankenhag,
Die schönsten Blüten werden abgefressen,
Zertreten oft im Keime und vergessen.
Trägt aber uns der Schlaf mit weicher Hand
Ins Zauberboot, das heimlich stoßt vom Strand,
Und lenkt das Boot im weiten Ozean
Der Traum herum, ein trunkner Steuermann,
So sind wir nicht allein, denn bald gesellen
Die Launen uns der unbeherrschten Wellen
Mit Menschen mancherlei, vielleicht mit solchen,
Die feindlich unser Innres tief verletzt,
Bei deren Anblick sich das Herz entsetzt,
Getroffen von des Hasses kalten Dolchen;
An denen gerne wir vorüberdenken,
Um tiefer nicht den Dolch ins Herz zu senken. –
Dann wieder bringen uns die Wellenfluchten,
Wohin wir wachend nimmermehr gelangen,
In der Vergangenheit geheimste Buchten,
Wo uns der Jugend Hoffnungen empfangen.
Was aber hilft's? wir wachen auf – entschwunden
Ist all das Glück, es schmerzen alte Wunden.
Schlaflose Nacht, du bist allein die Zeit
Der ungestörten Einsamkeit!

Schlummerlied

Ich war ein böses Kind,
Und schlief nie ungesungen.
Doch schlief ich ein geschwind,
Sobald ein Lied erklungen,
Das meine Mutter sang gelind.
Und also bin ich noch,
Ein Schlaflied muss mir klingen;
Nur dieses lernt' ich doch:
Es selber mir zu singen,
Seit ich der Mutter wuchs zu hoch.
Und was mir tief und hoch
Nun mancherlei entklungen,
Ist nur ein Nachklang doch
Von dem, was sie gesungen;
Die Mutter singt in Schlaf mich noch.

Glück der Stunde

O lass dich halten, goldne Stunde,
Die nie so schön sich wieder beut!
Schau, wie die Mondnacht in die Runde
All ihre weißen Rosen streut.
Des Tages Stimmen fern verhallten,
Nicht Worte stören, nicht Gesang,
Des stillsten Glückes innig Walten,
Nach dem die ganze Seele drang.

So Brust an Brust, so ganz mein eigen,
So halt' ich dich, geliebtes Bild!
Es rauscht die Nacht, die Lippen schweigen,
Und Seele tief in Seele quillt.
Ich bin dein Glück, du meine Wonne,
Ich bin dein Leben, du mein Licht:
Was soll uns Tag, was soll uns Sonne?
Du, schöne Nacht, entflieh uns nicht!

Nachts

Es kommt heran auf den Wellen der Nacht
Wenn auf dem Lager ich liege!
Es rauschet und woget, es weinet und lacht,
Wenn das Haupt in die Kissen ich schmiege.

Wie Äolsharfen im Frühlingswehn
Ein süßes Zittern und Klingen,
Und Sonnenregen auf blühenden Schnee
Unter schluchzender Nachtigall Singen.

Ein Meeresfunkeln nach wetterndem Sturm,
En Leuchten hin und wieder:
Das sind die zarten Seelen wohl
Noch ungebor'ner Lieder.

Sie schläft

Morgens, vom letzten Schlaf ein Stück,
nimm mich ein bisschen mit –
auf deinem Traumboot zu gleiten ist Glück –
die Zeituhr geht ihren harten Schritt ...
    pick-pack ...

»Sie schläft mit ihm« ist ein gutes Wort.
Im Schlaf fließt das Dunkle zusammen.
Zwei sind keins. Es knistern die kleinen Flammen,
– aber dein Atem fächelt immerfort.
Ich bin aus der Welt. Ich will nie wieder in sie zurück –
jetzt, wo du nicht bist, bist du ganz mein.
Morgens, im letzten Schlummer ein Stück,
kann ich dein Gefährte sein.

Reue

Die Nacht war schwarz, die Luft war schwül,
Ich fand nicht Schlaf auf meinem Pfühl,
Mein Sinn ward trüb und trüber;
Da schritten die Tage der alten Zeit
Zu langem, langem Zug gereiht
Wehklagend mir vorüber:

»Du hattest den Lenz, und du hast ihn entlaubt,
Du hattest das Heil, und du hast nicht geglaubt,
Du hattest ein Herz zum Lieben,
Du hast es vertändelt mit eitlem Schein;
Nun bist du zuletzt allein, allein
Mit deinem Jammer geblieben.

»Und wie du ringst in bangem Gebet,
Es ist zu spät, es ist zu spät,
Du darfst von Rast nicht wissen;
Dein einsam Herz ist dein Gericht.«
Ich aber drückte mein Angesicht
Lautweinend in die Kissen.

Stimme der Nacht

Frei von jedem schmeichelnden Wahn,
Hab' aufgetan
Den Tiefen der Nacht ich ein richtendes Ohr.
Und das Schweigen wurde beredt,
Ein Wind kam geweht,
Und aus den Schatten sprach's hervor:

»Versiegle Dein Ohr! Wie die Nacht so tief
Schweig' und prüf',
Ob eine Stimm' dann aus Dir singt,
Geh' aus der fremden Sonne in Nacht
Und gib acht,
Ob ein Stern in Dir blinkt!

Denn Nächte nähren das Licht;
Heller sticht
Aus Dunkel, als Tag sein Strahl.
Und Schweigen ist hold dem Ton,
Leicht entflohn
In lauter Stimmen verworrener Zahl.

Wenn rings alle Laute schweigen,
Muss sich zeigen,
Ob eine Stimme aus Dir singt;
Wenn rings verglommen die Lichter,
Bist Du Richter,
Ob ein Stern in Dir blinkt.

Licht scheide von Licht! Kraft von der Kraft Einflößung,
Verbindung ist – Lösung,
Verbündet Licht schwächt eignen Lichtes Schein.
Das Fremde wird schillernd Dich färben
Und verderben,
Die Stärke ist am mächtigsten *allein*«.

Im Tunnel der Nacht

Im Tunnel der Nacht
zwischen Traum und Wachen
da möchte man alles ganz anders machen.
    Da denkt man um.
Legt alles auf die goldene Waage
und betrachtet die schäbigen Reste vom Tage,
    vom eben gelebten Tage.
Alles hat plötzlich ein anderes Gesicht –
    Merkwürdig, nicht?
Was tagsüber wichtig, ist jetzt nichtig.
Hat man verkehrt oder richtig erwogen?
Hat man aus Not oder Trägheit gelogen?
Und wie oft hat man sich oder andere betrogen?
Warum hat man dies oder jenes gemacht
und lediglich an sich selbst gedacht?
Warum hat man niemandem Freude gemacht? –
So kämpft man immer noch einmal
    glühend erbittert
die am Tage mit Glanz verlorene Schlacht
    zwischen Schlaf und Wachen
    im Tunnel der Nacht.

Phantastereien

Ein Mensch denkt nachts in seinem Bette,
Was er gern täte, wäre, hätte.
Indes schon Schlaf ihn leicht durchrinnt,
Er einen goldnen Faden spinnt
Und spinnt und spinnt sich ganz zurück
In Märchentraum und Kinderglück.
Er möchte eine Insel haben,
Darauf ein Schloss mit Wall und Graben,
Das so geheimnisreich befestigt,
Dass niemand ihn darin belästigt.
Dann möchte er ein Schiff besitzen
Mit selbsterfundenen Geschützen,
Dass ganze Länder, nur vom Zielen,
In gläserne Erstarrung fielen.
Dann wünscht er sich ein Zauberwort,
Damit den Nibelungenhort –
Tarnkappe, Ring und Schwert – zu heben.
Dann möcht er tausend Jahre leben,
Dann möchte er … doch er findet plötzlich
Dies Traumgeplantsch nicht mehr ergötzlich.
Er schilt sich selbst: »Hanswurst, saudummer!«
Und sinkt nun augenblicks in Schlummer.

Nachtgeräusche

Ich weiß, dass mir die Schritte gelten.
Mein Ohr ist fein und scharf wie selten

Der alte Brunnen

Lösch aus dein Licht und schlaf! Das immer wache
Geplätscher nur vom alten Brunnen tönt.
Wer aber Gast war unter meinem Dache,
Hat sich stets bald an diesen Ton gewöhnt.

Zwar kann es einmal sein, wenn du schon mitten
Im Traume bist, dass Unruh geht ums Haus,
Der Kies beim Brunnen knirscht von harten Tritten,
Das helle Plätschern setzt auf einmal aus,

Und du erwachst, – dann musst du nicht erschrecken!
Die Sterne stehn vollzählig überm Land,
Und nur ein Wandrer trat ans Marmorbecken,
Der schöpft vom Brunnen mit der hohlen Hand.

Er geht gleich weiter, und es rauscht wie immer.
O freue dich, du bleibst nicht einsam hier.
Viel Wandrer gehen fern im Sternenschimmer,
Und mancher noch ist auf dem Weg zu dir.

Nachtgeräusche

Melde mir die Nachtgeräusche, Muse,
Die ans Ohr des Schlummerlosen fluten!
Erst das traute Wachgebell der Hunde,
Dann der abgezählte Schlag der Stunde,
Dann ein Fischer-Zwiegespräch am Ufer,
Dann? Nichts weiter als der ungewisse
Geisterlaut der ungebrochnen Stille,
Wie das Atmen eines jungen Busens,
Wie das Murmeln eines tiefen Brunnens,
Wie das Schlagen eines dumpfen Ruders,
Dann der ungehörte Tritt des Schlummers.

Hörst du wie die Brunnen rauschen,
Hörst du wie die Grille zirpt?
Stille, stille, lass uns lauschen,
Selig, wer in Träumen stirbt.
Selig, wen die Wolken wiegen,
Wem der Mond ein Schlaflied singt,
O wie selig kann der fliegen,
Dem der Traum den Flügel schwingt,
Dass an blauer Himmelsdecke
Sterne er wie Blumen pflückt:
Schlafe, träume, flieg', ich wecke
Bald Dich auf und bin beglückt.

Schlaflose Nacht

Übermüdet, schlaflos lieg ich in den Decken,
Schon malt der junge Tag lichtgraue Flecken
Auf Ofen, Stuhl und Lampenknauf.
Das Fenster steht sperrangelauf.
Ein Hund läuft über den Asphalt, sein Halsband klappert.
Es tickt wo eine Uhr. Der Bäckerjunge tappert
Und schleppt im Sack Verschlafenheit und Bemme.
Von nebenan schwirrt, summt aus der Kaschemme
Ein trübes Lied auf trüb gestimmter Zither.
Die Zunge jappt im Gaumen rau und bitter,
Ich hole dürstend Glas mir und Karaffe –
Da ist die Sonne jenseit aufgetaucht,
Von rosagelbem Wolkenduft umraucht,
Und formt im Glase eine Goldagraffe,
Als wollte sie die letzten grauen Schlangen
Der Nacht mit einer goldnen Schlinge fangen.

Ein Traum

Ich schlaf nicht gern auf weichen Daunen;
denn statt des Märchenwaldes Raunen
hör ich im Traume all die kleinen
gerupften Gänschen bitter weinen.
Sie kommen an mein Bett und stöhnen
und klappern frierend mit den Zähnen,
und dieses Klappern klingt so schaurig …
Wenn ich erwache, bin ich traurig.

Nachts

Es schlurrt ein Huf,
Es surrt ein Bolz,
Ein Lachen girrt,
Der Meeresregen singt
In Segeln und Tauen.

Doch nichts kommt an:
Nicht der Kentaur,
Des Pfeiles Holz,
Und nicht die Frauen,
Und nicht das Schiff –
Boten zu mir, Boten verirrt.

Aus Gastein

Erste Nacht

Es wäre Schlafenszeit; – doch das ist schlimm,
Nicht schlafen lässt mich hier der Ache Grimm,
Grad' unterm Fenster schlägt ihr Katarakt
Auf Felsenpulte dröhnend seinen Takt!
Musik zur Unzeit! Was zu tun da sei?
Zu horchen wach der Rätselmelodei! –
Einförmig tost's und doch so wechselvoll,
Wie Harfen jetzt, und jetzt wie Donnergroll!
Ist's Wagenrasseln, das die Stadt durchrollt?
Ist's Mühlgestampf', das täglich Brot dir zollt?
Sind's Eisenhämmer, schmiedend Waffenerz?
Ist's Orgelton jetzt, der dir schmilzt das Herz?
Nun Posthornklang, der dich zur Ferne reißt!
Nun Waldesrauschen, das dich bleiben heißt!
Nun Glockenschall, der fromm die Gläub'gen ruft!
Nun Trauermarsch, geleitend in die Gruft! –
Dem Leben gleich! Und alles Staub und Schaum!
Doch sang's dich unbewusst in Schlaf und Traum.

Es spukt

Abends, wenn die Heimchen singen,
Wenn die Lampe düster schwelt,
Hör ich gern von Spukedingen,
Was die Tante mir erzählt.

Wie es klopfte in den Wänden,
Wie der alte Schrank geknackt,
Wie es einst mit kalten Händen
Mutter Urschel angepackt,

Wie man oft ein leises Jammern
Grad um Mitternacht gehört
Oben in den Bodenkammern,
Scheint mir höchst bemerkenswert.

Doch erzählt sie gar das Märchen
Von dem Geiste ohne Kopf,
Dann erhebt sich jedes Härchen
Schaudervoll in meinem Schopf.

Und ich kann es nicht verneinen,
Dass es böse Geister gibt;
Denn ich habe selber einen,
Der schon manchen Streich verübt.

Was war es?

Um Mitternacht, der Regen fiel
Und schlug ans Fenster, tropf und tropf,
Und ohne Schlaf und schwer und schwül
Lag ich auf meinem heißen Pfühl
Und reckte mich
Und streckte mich
Und wälzte Welten um im Kopf.

Um Mitternacht, da kam es her.
Kling, sprang der Schlüssel, kling das Schloss.
Und übern Gang, durchs Zimmer nun,
Jetzt durch den Saal, auf plumpen Schuh'n,
Da klappte es
Und tappte es,
Dass kalt mir's übern Rücken floss.

Um Mitternacht, da trat es ein
Und ging ein Wehen vor ihm her,
Und näher kam es, nah, ganz nah,
Und schweißgebadet lag ich da
Und zitterte,
Und witterte,
Dass nun mein letztes Stündlein wär'.

Um Mitternacht, da fiel ein Wort,
Das klang so bang, das klang so tot.
Und war kein Licht, ein Dunkel nur,
Und schlug im Saal die alte Uhr,
Schlug ruck und ruck
Und zuck und zuck
Und schnurrte ab. Schwer fiel das Lot.

Um Mitternacht, und wie es kam,
Jetzt Zimmer, Saal, jetzt Korridor,
So ging es wieder. Schritt vor Schritt.
Und in Gedanken ging ich mit,
Klapp klapp, tapp tapp,
Die Trepp' hinab,
Und unten knarrte leis das Tor.

Wenn man nachts nicht schlafen kann …

Wenn man nachts nicht schlafen kann,
Hört man von den schiefergrauen
Dächern junge Katzen miauen,
Und das hört sich schaurig an.

Brave Menschen – heißt es – beten,
Dann schickt ihnen Gott den Schlaf.
– Doch man selbst ist niemals brav …
Schlaflos starrt man auf Tapeten,

Zählt die Muster Stück für Stück.
Plötzlich hört man draußen Schritte,
Und vom Ausgang kehrt Brigitte
Wieder mal zu spät zurück.

Von der Straße tönt Gesang:
Durch die mondbeglänzte Stille
Wankt ein Mann aus der Destille,
Glücklich, weil er sich betrank.

Leise bellt ein Hund im Traum,
Und im Hausflur blüht die Liebe. –
Still zur Arbeit ziehen Diebe,
Ihre Schlüssel hört man kaum …

Endlos lang dehnt sich die Nacht.
Eine Uhr schlägt Stund' um Stunde.
Wächter machen ihre Runde,
Und man zählt bis tausendacht …

Gähnend schleicht der Tag sich ein.
Autos rasseln schon und Wagen. –
Fröstelnd, nachtdurchwacht, zerschlagen,
Dämmert man am Morgen ein.

Sequenz von den Schritten

Ich liege in eines Halbschlafs Mitten,
Der tief ins Schwarze eingeschnitten.
Das Haus ist voll von hundert Schritten.

Ich weiß, dass mir die Schritte gelten.
Mein Ohr ist fein und scharf wie selten.
Man sucht mich wohl in allen Welten.

Wild steigre ich das starre Lauschen,
Ohnmächtig meinen Ort zu tauschen.
Die Schritte tappen, klopfen, rauschen.

Ich hör sie aus der Tiefe steigen,
Vor meiner Tür ein Weilchen schweigen,
Dann weitertönend fern abzweigen.

Sind's Telegramme, Briefe, Karten?
Herzklopfen, wildes Hocherwarten,
Oh, grauer Absturz des Genarrten!

Dumpf dröhnt das Haus von Schritt-Despoten.
Betritt man endlich den Bedrohten,
Und sendet der Gerichtshof Boten?

Die Donnerschritte fernhin weichen.
Doch flüsternd vor der Tür aufs Zeichen
Knackt weiblich weich ein nacktes Schleichen.

So steigt's von unten, schweigt und schwindet,
Streift meine Tür, die es nicht findet,
Dieweil mich Lähmung streng umwindet.

Liebessehnen

Oh, wie ich mich nach Deinen Lippen sehne
Nach ihrem glockenreinen weichen »Du«!

Lied eines Verliebten

In aller Früh, ach, lang vor Tag,
Weckt mich mein Herz, an dich zu denken,
Da doch gesunde Jugend schlafen mag.

Hell ist mein Aug um Mitternacht,
Heller als frühe Morgenglocken:
Wann hättst du je am Tage mein gedacht?

Wär ich ein Fischer, stünd ich auf,
Trüge mein Netz hinab zum Flusse,
Trüg herzlich froh die Fische zum Verkauf.

In die Mühle, bei Licht, der Müllerknecht
Tummelt sich, alle Gänge klappern;
So rüstig Treiben wär mir eben recht!

Weh, aber ich! o armer Tropf!
Muss auf dem Lager mich müßig grämen,
Ein ungebärdig Mutterkind im Kopf.

Nachtwandlerin Liebe

Holde Träume, ausgeträumte,
Die ihr schwebend um mein Lager,
Schon zu trüben, matten Flimmern
Der Erinnerung erkaltet,
Doch mit heißem Liebeszauber
Noch mich angefesselt haltet!
Meine Augen schließ ich wieder,
Lasse meine Schläfe fallen
Wieder auf die Kissen nieder –
Herz, und willst denn du nicht schlafen?
Schlafen kann ich nicht vor Freude,
Und vor Leid kann ich nicht wachen –

Einsam um Mitternacht

Das Reich der Nacht ist aufgetan,
Des Mondes Zauber wirkt,
Und unabweisbar grinst mich an,
Was heller Tag verbirgt.

Die Nacht ist nur der Liebe hold,
Nicht dem der lieb-los wacht:
So denk', o Herz, an Lockengold,
An Wangenrosenpracht!

Wohl manches Lieb' wähn' ich zu seh'n,
Manch' süßes Mädchenbild:
Ach, dass so kalt vorbei sie geh'n,
Verschleiert und verhüllt!
Es kam mir nie so klar zu Sinn,
Wie jetzt bei Sternenschein,
Dass ich so ganz unglücklich bin,
So ganz, so ganz allein!

Fernsprache

O wie du mir fehlst,
Wie ich dich vermisse!
Doch du hellst, beseelst
Mir auch Finsternisse.

Wenn du mir erscheinst,
Wir im Traum uns finden,
Hör' ich's, wie du weinst,
Fühl' ich dein Empfinden.

Ja, ein geisterhaft
Magisch Liebeswalten,
Eine höh're Kraft
Wird dich mir erhalten!

Auch durch Mauern bricht
Sie mit Seelenschwingen,
Und es wird ihr Licht
Durch die Ferne dringen.

HILDE DOMIN

Manchmal

Manchmal
wenn Du gehst
spät in der Nacht,
lieg ich ins Ich geschmiegt
wie in ein sanftes Fell,
so getröstet
wie Dein Kind
oder wie ein hilflos kleines
neugeborenes Tier
auf Deiner Hand.

Des Knaben Abendgruß

Mitternacht! Mitternacht!
Ich bin erwacht,
Der Mondenschein
Schaut hell herein
In mein Kämmerlein,
Da muss ich traurig sein.
Denn sonst im Mondenschein
War mit mir am Fensterlein
Ein lieblich Mägdelein.
Nun muss ich traurig sein,
Weil jetzt im Mondenschein
Ich bin allein.

Ich lag im stillen Zimmer

Ich lag im stillen Zimmer
Zur Nacht, doch eh' ich schlief
Warf mir der Mond voll Schimmer
Auf's Bett einen Liebesbrief.
Und eh' an seinen Lettern
Ich zu viel Zeit verlor,
Sang mir mit hellem Schmettern
Die Nachtigall ihn vor.
Mein Lieb, mit welchem Solde
Zahlst Du die Dienste all;
Dem Mond mit seinem Golde
Und der süßen Nachtigall?

Bei Nacht

Rausche, Brunnen, rausche du,
Singe mir das Herz in Ruh'!
Könntest du die Flammen kühlen
In der Nacht, der sommerschwülen,
Mir im Nu
Aus dem Blut das Fieber spülen!

Rausche, Brunnen, rausche du!
Was ich sinne, was ich tu',
Wie die Stunden leer sich dehnen,
Zuckt und zehrt in mir das Sehnen
Immerzu –
Öl ins Feuer sind die Tränen.

Jetzt wohl aus dem kleinen Schuh
Schlüpft ihr Fuß und geht zur Ruh',
Und nun liegt sie wach im Bette:
»Ach, dass ich ihn wiederhätte!« –
Herz, und du
Zerrst dich wund an deiner Kette!

Aus schweren Nächten …

In meine Nächte zittert manche Träne
Kein Traum schließt meine wunden Augen zu …
Oh, wie ich mich nach Deinen Lippen sehne
Nach ihrem glockenreinen weichen »Du«!

Oh Gott, nur Deine leise Hand zu fühlen
Und Deiner Finger stummen Liebesdruck,
Die mild die fieberheißen Pulse kühlen!
Minuten nur!! – Mir wär es Glücks genug …

Nun lieg ich wach …

Nun lieg ich wach im dumpfen Bettverschlag
vom frühen Morgen, bis es wieder Tag,
und riech das Laub und hör die Halme wehn;
ich werde nie mehr durch das Weinland gehn.

Der Zeiger frisst gelassen an der Zeit,
das Herz zerspringt mir fast vor Zärtlichkeit,
im Rücken fühl ich seltsam leer den Platz:
ich hab im Leben nicht mehr einen Schatz.

Erst heut so recht versteh ich dies und das,
und säß mit Freunden ich beim vollen Glas,
ich schenkte fröhlich meine Weisheit her:
ich trink mit ihnen keinen Tropfen mehr.

In der Nacht

Ich bin dir nah; nur eine dünne Mauer
Trennt mich von dir.
Du träumst wohl schon im sanften Schlummerschauer,
Vielleicht von mir.

Auf diesem Pfühl, der oft in heil'ge Weihe
Dich eingewiegt,
Ruht jetzt dies Herz, das dir voll Mut und Treue
Entgegenfliegt.

Mir ist's, als blühten aller Sehnsucht Keime
Melodisch auf,
Als stiegen geisterflüsternd deine Träume
Zu mir herauf.

Ich fühle plötzlich in den dunklen Locken
Ein leises Wehn;
Die Ahnung ruft, die vollen Adern stocken,
Die Pulse stehn.

Es war dein Geist und heilig auf der Wange
Fühlt' ich den Kuss;
An deiner Lippe küssendem Gesange
Kannt' ich den Gruß.

Es war dein Geist! Es war der Hauch der Liebe!
    Hast mein gedacht!
O, dass sie ewig, ewig, ewig bliebe,
    Die schöne Nacht!

In banger Nacht

Rastlos graben die Gedanken
In dem Schutte des Vergang'nen

Als er des Nachts nicht schlafen kunnte

Madrigal

Was vor ein schweren Traum
Hat mich so gar aus meinem Schlaf gerissen?
Wie angst ist mir! wie bang!
Die Nacht gibt sonst dem Trauren leichtlich Raum.
Ein kalter Schweiß aus meinen Gliedern dringet
Und große Schwachheit bringet;
Die Zeit ist mir sehr lang;
Jetzt hör ich's zwölfe schlagen:
Ach Gott, wenn wird's doch einmal wieder tagen!

Nacht, wie bist du lang und bange,
Wenn sich auf den müden Mann nicht
Mit dem Schatten auch der Schlummer
Und der Traum herniedersenkt.
Rastlos graben die Gedanken
In dem Schutte des Vergang'nen,
Alten Lebens Trümmer wühlen
Sie hervor, doch nirgends fröhlich
Haftet drauf der Blick, er schaut nur
Dunkle, trübgepenst'ge Bilder,
Ihnen fehlt des Tages Sonnlicht.
Unerquickt dann in die Ferne
Schweift der Geist dess', dem der Schlaf fehlt,
Schmiedet Pläne, fasst Entschlüsse,
Baut sich stolze luft'ge Schlösser,
Doch wie Fledermäus' und Eulen
Schwirrt um sie der Schwarm der Zweifel
Und verscheucht ihm Mut und Hoffnung.

Schwere Träume

Das war mir eine schwere Nacht,
Das war ein Traum von langer Dauer;
Welch weiten Weg hab' ich gemacht
Durch alle Schrecken, alle Schauer!

Der Traum, er führt' mich an der Hand,
Wie den Äneas die Sibylle,
Durch ein avernisch dunkles Land,
Durch aller Schreckgestalten Fülle.

Was hilft es, dass die Glocke rief
Und mich geweckt zum goldnen Tage,
Wenn ich im Innern heimlich tief
Solch eine Hölle in mir trage?

Nach schwerem Traum

Ich bin Soldat und steh im Feld
Und weiß von niemand in der Welt.
Drum kann ich diesen Regentag nicht feiern,
So kummerzärtlich, feucht und bleiern,
Da mir dein Bild zur Nacht den Schlaf zerschlug
Und mich in deine Nähe trug.

Ich bin Soldat und steh im Feld,
Gewehr im Arm, und fern der Welt.
Wär ich zu Haus, ich schlösse Tür und Scheiben
Und wollte lange einsam bleiben;
Im Sofawinkel sitzend mich versenken,
Geschlossnen Auges deiner denken.

Ich bin Soldat im trüben Feld.
Hier endet alte Menschenwelt.
Der Regen singt, die nassen Strähnen fließen.
Ich kann nichts tun – nur Blei verschießen.
Weiß nicht warum, tu's doch, als ob ich's muss:
Ins graue Wetter kracht ein Schuss!

Dämon

Dieser flatternden Gedanken,
Dieser Wünsche wildes Spiel,
All das Wollen, Hoffen, Schwanken
Dieser Zeit – wer bringt's zum Ziel?

Ach, in Träumen möcht' ich leben,
Auf den Fittigen der Nacht
Allem, was mich elend macht,
Wie ein lächelnd Kind entschweben.

Aber an des Schlummers Pforte
Hockt der Dämon meiner Pein,
Irrt mein Herz mit bösem Worte –
Und in Tränen schlaf' ich ein!

Das sind die Nächte, die mir Furcht erregen,
Wo sich der Mond an meine Seite schmiegt
Und kranke Schatten führt an meinen Wegen,
Entschleiernd, was am Grund des Grauens liegt.

Oh, hassenswert sind diese hellen Nächte.
Ich will im Dunkeln meine Straße gehn.
Ich dulde nicht, dass unbekannte Mächte
Mit scheelem Blick in meine Seele sehn.

Verhasster Mond, der feil und unverschwiegen
Mir in mein innerstes Geheimnis bricht!
Ich wollt, ich dürft erst tot im Grabe liegen,
Gefeit vor Furcht und unerbetnem Licht.

Angst

O wie ist diese Nacht so schwer,
Und wie hangen die Wolken so tief.
Warum stöhnen die sanften Tiere,
Bluten laubdunkle Bäume,
Seufzt in jedem Winkel der Tod?
Wo sind die blassen Engel geblieben
Und die zittergoldenen Sterne?
Ist Gott gestorben?
O, diese Nacht ist tausend Jahre schwer.

Auf der Brücke geht noch mit hastigen Schritten ein Mann.
Er wird zu spät kommen –

In der Mansarde salbt der junge Priester
Den Mund der Sterbenden.
Eine schwarze Blume wächst furchtbar in ihre Fieber,
Aber selig umglänzt der Mond ihre Wangen.

In meinem Zimmer knistert die Kerze.
Schmächtige Schatten steigen aus den Wänden:
Leben, die ich gelebt habe und vergaß.
Ein Gesicht weint lange in meinen Händen.

Das Bild

Ich wache auf erschreckt in der nacht ..
Ich sehe wolken schwarz und riesengross
Beständig sich zerfetzen und vereinen
Und während eine schar von larven
Unsichtbar doch wol zu fühlen
Meine erregte lippe zittern lässt
Erscheint mir das bild:
Heute streift ich es unter vielen ..
Im augenblick hat es so tief mich bewegt
Von sehnen durchbohrt mich verlassen.
Hernach vergass ichs .. die träume selbst
Vermochten nicht es aufzuerwecken.
Rächend sich und sein recht verlangend
Kam es in den ängsten der nacht
Mächtig sich noch einmal aufzudrängen.

Nächtliche Angst

Woher kommt diese Furcht in mir, die nächtlich
mich nun in ihre trüben Wirbel reißt?
Sah nicht auf mich ein Mädchen heut verächtlich
mit einer Miene, die Unheil verheißt?
Es hingen tote Falter in den Hecken
des Gartens, und die Lieblingskatze starb.
Ich kann mich vor der Sintflut nicht verstecken,
vergebens mein Gebet den Wind umwarb;
er schüttelt zürnend an den Fensterläden,
weil ich mich feig vor seiner Macht verbarg.
Ich kenne allzu gut die eignen Schäden
und weiß: mein Leben ist verfehlt und arg!
Wer friedlich jetzt mit ruhigem Gewissen
und ohne böse Träume schlafen mag,
kindlichen Angesichts in seinen Kissen
und ohne Sorge vor dem nächsten Tag,
gefeit vor Mädchenblicken, die verächtlich
ihn treffen können, wie man Wüstes wägt,
weiß nichts von dieser Angst in mir, die nächtlich
mich stets mit ihren Schreckensträumen schlägt.

Nacht

Draußen
Die Dachtraufen
Laufen.
Und der Sturm
In Wolken verborgen
Im ersten Zwielicht
Trostloser Morgen
Stöhnt in die Gassen
Immer hinein.

Und du wie ein Stein
Geworfen in Öde
Möchtest ›am liebsten‹
Schrein.

Schlaf ein.
Du bist allein
In der Nacht.
Niemand wacht.
Schlaf ein.

Bitte an den Schlaf

Schlummern möcht' ich, tief und lange,
traumumwoben, selig süß

An den Schlaf

Der du mit deinem Mohne
Selbst Götteraugen zwingst,
Und Bettler oft zum Throne
Zum Mädgen Schäfer bringst,
Vernimm; Kein Traumgespinste
Verlang' ich heut von dir,
Den größten deiner Dienste
Geliebter, leiste mir.

An meines Mädgens Seite
Sitz' ich, ihr Aug' spricht Lust,
Und unter neid'scher Seide
Steigt fühlbar ihre Brust;
Oft hatte meinen Küssen
Sie Amor zugebracht,
Dies Glück muss ich vermissen,
Die strenge Mutter wacht.

Am Abend triffst du wieder
Mich dort, o tritt herein,
Sprüh' Mohn von dem Gefieder,
Da schlaf die Mutter ein:
Bei blassem Lichterscheinen,
Von Lieb' Annette warm,
Sink', wie Mama in deinen,
In meinen gier'gen Arm.

An den Schlaf

Gott der Träume! Freund der Nacht!
Stifter sanfter Freuden!
Der den Schäfer glücklich macht,
Wann ihn Fürsten neiden.
Holder Morpheus! säume nicht,
Wann die Ruhe mir gebricht,
Aug und Herz zu weiden.

Wenn ein Ehmann, voll Verdacht,
Seine Gattin quälet
Und aus Eifersucht bei Nacht
Ihre Seufzer zählet,
Mach im Schlaf sein Unglück wahr;
Zeig ihm träumend die Gefahr,
Die ihm wachend fehlet.

Nimm auch itzt was dir gehört;
Nur erlaub ein Flehen:
Warte bis mein Glas geleert!
Wohl! es ist geschehen;
Komm nunmehr! O komme bald!
Eil und lass mich die Gestalt
Meiner Phyllis sehen!

Komm, süßer Schlaf

Komm, süßer Schlaf, du Trost der Nacht,
Schließ sanft mein Auge zu!
Ich hab' vergang'ner Zeit gedacht,
Mein Herz verlangt nach Ruh.

Einst stilltest du nach Kuss und Scherz
Verborg'ner Liebe Glück,
Und lehntest an s e i n warmes Herz
Mein selig Haupt zurück.

Nun ist er längst zu Grab' gebracht,
Und Lieb' und Glück dazu.
Komm, süßer Schlaf, du Trost der Nacht!
Mein Herz verlangt nach Ruh.

Schlummerlied

(Zu C. M. von Webers Musik gedichtet)

Sohn der Ruhe, sinke nieder,
Holder Schlummer auf die Flur,
Dein Umarmen stärke wieder
Die ermüdete Natur.

Schweigt, ihr Vögel! ihr entweihet
Jenen Gott, der stumm und blind,
Wenn er auch die Sonne scheuet,
Ist er doch der Unschuld Kind.

Lispelt Kühlung ihm, ihr Weste,
Rosenhügel sei sein Thron,
Beugt euch drüber hin ihr Äste,
Frieden ihm, des Friedens Sohn!

SCHLUMMERN möcht' ich,
tief und lange,
traumumwoben,
selig süß.
Und dann wieder
erwachen,
das Herz voller Lieder,
voll Melodien
die weiche Seele.
Dann zu singen
in göttlichen Tönen
göttliche Worte,
Worte voll Trost,
Worte voll Liebe
den armen
gedrückten
Menschenkindern –
O welch ein Glück!
Ich könnt' es kaum fassen! ...

An den Schlaf

Komm, holder Gott des Schlafes!
Wohltätig sendest du
Vergessenheit der Schmerzen
In grambelad'ne Herzen.
O lull' auch meinen Gram in Ruh!

Komm! Schütze vor Verzweiflung!
Gib deines Trosts mir!
Gib Kraft der matten Hülle
In deiner Schatten Stille!
Wo fänd' ich Frieden, als bei dir!

Noch einmal lass der Hoffnung
Erquickendes Gefühl
Im Busen täuschend keimen! –
Ach, komm! – Vielleicht in Träumen
Erring' ich meiner Wünsche Ziel!

An den Schlaf

Holdester von allen Göttern,
Blicke mich doch wieder an!
Soll ich dich allein entbehren?
Hab' ich was nicht recht getan?
Büß' ich irgendeinen Frevel,
Neid, Gewinnsucht, stolzen Wahn?

[...]

Holder Gott, zu dem ich flehe!
Wenn dich irgendwo vielleicht,
In dem Taumel seiner Freuden,
Ein erhitzter Jüngling fleucht,
Oder von dem Rosenlager
Wollusttrunken dich verscheucht:

O, dann eil' auf leichten Schwingen
Meinem niedern Dache zu!
Ich begehre nicht des Reichen,
Deines Lieblings, satte Ruh;
Schleuß mit deines Stabes Spitze
Nur mein müdes Auge zu!

An den Schlaf

Parini[1]

O sanfter Schlaf, der du auf zarten Sohlen
Durchs Dunkel herkommst, keinem Wesen fehlend,
Und alles Erdenweh und Menschenelend
Begütigest mit freundlichen Idolen,

Dort, wo die Liebste, sichrer Hut befohlen,
Entschlummert ruht den kühlen Pfühl beseelend,
Mal' du in ihren Traum ein friedenstehlend,
Ein schrecklich Bild mit allen Leids Symbolen!

Und so mir ähnlich mögest du's vollenden,
Und solche Blässe künde meine Pein,
Dass sie erwachend muss Erbarmen spenden.

Und ging ich so in ihre Gnade ein,
Will ich dir schweigend und aus leisen Händen
Zwei neue Kränze frischen Mohnes weihn.

1 *Parini:* Giuseppe Parini (1729–1799), italienischer Lyriker und Satiriker.

Schwermüdes Zubettgehn

Nachts,
Punkt ... Zwölf ... Uhr,
strecke ich mich
nieder.

Auf
acht Stunden ... sterbe ich
wieder.

Oder
wird es ... für »ewig«
sein?

Über meine
Lider
blaublütentautraumperlt
Paradiesesschein!

Nichts mehr ... hören! ... Nichts mehr
wissen!

Sanft
betten mich ... die weichen
Kissen!

Komm, o komm,
du
süßer Schlaf!

Mach mich wieder ... »gut und brav« ... Mach mich wieder
»froh und jung«!

Lösch aus in mir
die
Erinnerung!

Tröstend
sänftigen mich die
Kissen,
nichts mehr ... hören ... nichts mehr
wissen!

Alter Schlaf, wo hast du deine Söhne?
Junge, starke Söhne sollst du haben,
solche Kerle, die noch mehr vermögen
als bloß kommen und die Lampe löschen.

Einer soll zu meiner Angst sich legen,
einer sich auf meine Sehnsucht knien,
feste Fäuste müssen beide haben,
dass die Nachbarn keine Schreie hören.

Was willst du in meine Augen streuen?
Sand? – Ich lache! – eine ganze Wüste
kann ich dir für solche Augen schenken,
die damit sich schon zufrieden geben.

Meine, weißt du, sind zwei Feuersäulen,
einmal wird der Himmel davon brennen!
Aber vorher möcht ich endlich schlafen.
Alter, Alter, hast du keine Söhne?

Bitte an den Schlaf, nach schwersten Stunden

— — — — — — — — — — — —

Doch eh der Peitschenknall des neuen Tages
Mich morgen wieder in die Wüste ruft,
Bestelle deinen Bruder an mein Bett.
Gutmütig legt der alte Herr die Hand
Auf meine Augen, die sich öffnen wollen,
Und sagt ein Wiegenlied, die Worte langsam,
Sehr langsam sprechend:
So, so, so ...
Nicht bange sein ...
So, so ... so ...

Im Einschlafen

Die Augen sinken zu, die Sinne
werden stummer,
Die Seele dünkt vom Leibe sich befreit

einschlafzeilen

jetzt aber:
gib dich
aus deinen händen
verliere dich
aus den augen
entlass dich
in deinen körper –
der wirds wohl machen

Im Einschlafen

Genug hab ich gewacht,
Gewollt, gedacht
Und eignem Tun getraut.
Die Spur des letzten Strahles, der mich traf,
Vergeht mir wie ein Tropfen an der Haut.
Nun ruh ich, nun
Lass ich die stummen Kräfte mit mir tun
Im Schlaf.

Die Müde

Dies Müde, Flügellose ruht auf mir
So wie ein großes, sanftes, goldnes Tier.

Uns trägt, was schwillt: ein Trank, der überlief.
Es blickt mich an. Sein Blick ist gut und tief.

Es lastet schwerer und mein Atem hebt
Es nicht mehr auf. Sein Drachenmantel webt

Ins Düster sich. Ein Zackenkrallen spinnt,
Drum schale Milch aus einem Mohnkopf rinnt.

Nun darf ich nur noch eigne Lider sehn,
Die blau und grüne Pfauenräder drehn.

Ich habe kein Gesicht mehr. Hauch wird Stein.
Bedächtig kehrt mein Schauen in mich ein.

Es steigt hinab, hinab, es fällt, wird dicht.
Der Schwarzschlund sackt es ein: es wehrt sich nicht.

Es sinkt geballt in tauben Mauernkern.
Es ist in sich. Nur seltsam klar und fern

Scheint auch dies Müde, Flügellose hier,
So wie ein kleines, silbern sanftes Tier.

Vor dem Einschlafen

In meine innige Nacht
geh' ich ein.
Wirst du schwebender Traum
um meine Stirne sein?

Wirst du heilig und still
auf meinem Kissen ruhn,
wenn ich weine, wirst du's
mit mir tun?

Taut meinen Lippen dein Mund
Lächeln mild,
tief auf Sternengrund
lieg ich gestillt.

Rührt mich das Sterben an
um Mitternacht,
denke, ich sei vom Tod
in's Leben erwacht.

Denke, ich spiele fromm
mit Gottes Getier.
Denke, ich bin nun weit
und du – bei mir.

Im Einschlafen

Abenddämmer im Raum!
Wünsche weben und schweben,
Das Leben wird mir zum Traum,
Der Traum zum Leben.

Rings um mich her
Flüsternde Seligkeiten!
Ich möchte die Arme breiten …
Sie sind mir zu schwer.

Doch nun –: auf huschendem Schuh
Kommt's näher mit leisem Singen.
Ein Pförtlein hör ich klingen:
Die Königin Ruh'!

Allmählich wiegt die Wonnetrunkenheit
Das volle Herz in zauberischen Schlummer;
Die Augen sinken zu, die Sinne werden stummer,
Die Seele dünkt vom Leibe sich befreit,
In Ein Gefühl beschränkt, so fest von ihm umschlungen!
So inniglich von ihm durchatmet und durchdrungen!
Beschränkt in Eins, in diesem Einen bloß
Sich fühlend – Aber, o dies Eins, wie grenzenlos!

Im Einschlafen

Nun schweb und schau ich gerne
Die Länder unter mir,
Die nachtumhüllte Ferne,
Die Sterne über ihr.

Auf weit gesträubten Schwingen
Durchschweb ich manches Tal,
Aus Nebelwolken dringen
Die Lichter noch einmal;

Und gleite fortgetragen
Und werd hier nicht mehr sein,
Und Flügelschatten jagen
An Wald und Urgestein;

Bis wo das Tal sich weitet,
Der Mond im Klaren fließt,
Und Licht, das Schlummer breitet,
Die Flügelschatten schließt.

Zur Nacht

Vorbei der Tag! Nun lass mich unverstellt
Genießen dieser Stunde vollen Frieden!
Nun sind wir unser; von der frechen Welt
Hat endlich uns die heilige Nacht geschieden.

Lass einmal noch, eh sich dein Auge schließt,
Der Liebe Strahl sich rückhaltlos entzünden;
Noch einmal, eh im Traum sie sich vergisst,
Mich deiner Stimme lieben Laut empfinden!

Was gibt es mehr! Der stille Knabe winkt
Zu seinem Strande lockender und lieber;
Und wie die Brust dir atmend schwellt und sinkt,
Trägt uns des Schlummers Welle sanft hinüber.

Zum Einschlafen zu sagen

Ich möchte jemanden einsingen,
bei jemandem sitzen und sein.
Ich möchte dich wiegen und kleinsingen
und begleiten schlafaus und schlafein.
Ich möchte der Einzige sein im Haus,
der wüsste: die Nacht war kalt.
Und möchte horchen herein und hinaus
in dich, in die Welt, in den Wald.
Die Uhren rufen sich schlagend an,
und man sieht der Zeit auf den Grund.
Und unten geht noch ein fremder Mann
und stört einen fremden Hund.
Dahinter wird Stille. Ich habe groß
die Augen auf dich gelegt;
und sie halten dich sanft und lassen dich los,
wenn ein Ding sich im Dunkel bewegt.

Vor dem Einschlafen

Sich selbst so nah zu ruhn!
So fern sich selbst, zu schweben:
O Leben ohne Tun!

O Singen ohne Sinn!
O süßes Tor der Freiheit –
Ich schwinde sanft dahin.

Aus Traum erwacht

Da flog aus dem Schatten
gespenstig vom Dach
Eine Fledermaus auf.
Da wurde ich wach

Ein Traum

Es war nur ein Traum, doch es war eine Pracht!
Ich glaubte in mondscheinsilberner Nacht
Auf schwellendem Rasen zu liegen.
Ein glänzendes Schloss erhob sich kühn,
Und ich sah aus dem Fenster efeugrün
Ein Märchenkind lauschend sich biegen.

Ein Mädchengesicht, so lieb, so traut,
Wie ich es nimmer zuvor geschaut.

Gleich flüssigem Golde erglänzte ihr Haar,
Und ich las in dem dunklen Augenpaar
Ein wehmütig banges Erwarten.
Ein leiser Wind erquickte die Luft
Und trug einen süßen, berauschenden Duft
Vom Holunderbusch durch den Garten.

Dort saß an des Springbrunns Sprudelquell
Geigend ein müder Wandergesell.

Und als dann – und das war so schön in dem Traum –
Eine Nachtigall hoch im Lindenbaum
Mit einstimmte in seine Lieder
Und schluchzend sang, wie von Schmerz und Lust,
Da war es, als fiele auf meine Brust
Das Glück wie ein Morgentau nieder. – –

Die alten Linden seufzten im Wind.
Im Schlosse weinte das Märchenkind.

Da flog aus dem Schatten gespenstig vom Dach
Eine Fledermaus auf. Da wurde ich wach,
Und alles war plötzlich verschwunden.

Ödes Erwachen. Wie leerer Schaum
Zerronnen war alles, was ich im Traum
So selig geschaut und empfunden. – –

Doch wie ein Trost kam's über mich dann:
O glücklich, wer noch so träumen kann!

Eine Stunde hinter Mitternacht

Eine Stunde hinter Mitternacht,
Wo nur der Wald und der späte Mond
Und keine einzige Menschenseele wacht,
Steht breit und groß ein weißes Schloß,
Nur von mir und meinen Träumen bewohnt.

Dort prunkt in Bildern Saal an Saal,
Und meine Träume sind zu Gast
Bei mir. Rundum geht der Pokal,
Und Liedergruß und Plauderfluß
Bringt erst der frühe Tag zur Rast.

Der pocht derbfäustig an die Wand
Und tritt herein, und schilt, und hält
Die Sonnenlampe in der Hand.
Und wie ein Licht im Wind zerbricht,
Zerstiebt mir meine Träumewelt.

Von allen Wänden fällt die Pracht,
Das strenge Leben gellt herein
Und ich muß dienen seiner Macht
Scheu und verzagt, ins Joch geplagt,
– O Mitternacht, wie harr ich dein!

Der schwere Traum

Mir träumt', ich flög' gar bange
Weit in die Welt hinaus,
Zu Straßburg durch alle Gassen
Bis vor Feinsliebchens Haus.

Feinsliebchen ist betrübet,
Als ich so flieg', und weint:
»Wer dich so fliegen lehret,
Das ist der böse Feind.«

Feinsliebchen! was hilft lügen,
Da du doch alles weißt!
Wer mich so fliegen lehrte,
Das ist der böse Geist.

Feinsliebchen weint und schreiet,
Dass ich am Schrei erwacht,
Da lieg' ich, ach! in Augsburg
Gefangen auf der Wacht.

Und morgen muss ich hangen,
Feinslieb mich nicht mehr ruft,
Wohl morgen als ein Vogel
Schweb' ich in freier Luft.

Ich hab im Traum geweinet,
Mir träumte, du lägest im Grab.
Ich wachte auf, und die Träne
Floss noch von der Wange herab.

Ich hab im Traum geweinet,
Mir träumt', du verließest mich.
Ich wachte auf, und ich weinte
Noch lange bitterlich.

Ich hab im Traum geweinet,
Mir träumte, du bliebest mir gut.
Ich wachte auf, und noch immer
Strömt meine Tränenflut.

Traum

Eiskalte Sterne scheinen,
Hoch liegt der Schnee im Feld,
Kein Hauch in allen Weiten –
Wie still ist's auf der Welt!

Die hohen Kuppeln ragen
Im hellen Mondenglanz –
Auf meinem weißen Grabe,
Da liegt ein grüner Kranz.

Halb will die Hand ihn greifen –
Lass ab, im Grab ist Ruh!
Ich lege mich auf die Seite
Und mache die Augen zu.

Im Traum erschien mir die Madonna,
Wie einst als Kind ich sie geträumt,
Jungfräulich schön, die reine Stirne
Von der Verklärung Strahl umsäumt.

In Andacht schmolz mein starrer Busen
Und meine Augen tauten mild –
Und gläubig wie in jenen Tagen
Bewegte mich das Gnadenbild.

Ich will es fassen und erwache
Und schaue wachend das Gesicht,
Schön wie im Traum – nur hatte jenes
Den herben Zug am Munde nicht! –

Auf dunklen Wassern rauscht die Nacht,
sie fließen und gehn,
die Linden wehn –
in allen Linden weht die Nacht,
sie wiegen und wehn.

Ich lieg, aus halbem Traum erwacht,
und meine armen Augen sehn
die schwarzgeballte Wolkenmacht
aufwallen zu den Höhn –

Die weißen Blüten all sind tot,
der Fliederduft verweht.
Ein letztes müdes Sonnenrot
in Nebelnacht – glüht auf – erloht
– zergeht.

Ein Traum

Ich hab' zur Nacht von dir geträumet,
Ich sah dich kämpfen mit dunkler Flut;
Und wie die Woge wild sich bäumet,
Da flieht die Kraft, da sinkt dein Mut.

Und in mein Herz kam heiß gezogen
Der Liebe göttlich hohe Macht;
Ich riss dich aus dem Grab der Wogen
Und hab' geweint und hab' gelacht.

Und hielt dich fest in meinem Arme;
– Die Last des Körpers fühlt' ich kaum –
Die Welt mit ihrem Leid und Harme
Versank in Glück; – da floh der Traum.

Der Traum

Traum, du wandelst leis
und im Nu das Wachen,
gleitest, leichter Nachen,
ohne Flut noch Gleis.

Alles wird so nah
wie noch nie im Leben,
flügellos ein Schweben
über dort und da:

nichts als nur Verlauf,
und anstatt zu enden,
fängt im Nu ein Wenden
mich im Wachen auf.

Der geheimnisvolle Nachen

Gestern nachts, als alles schlief,
Kaum der Wind mit ungewissen
Seufzern durch die Gassen lief,
Gab mir Ruhe nicht das Kissen,
Noch der Mohn, noch, was sonst tief
Schlafen macht, – ein gut Gewissen.

Endlich schlug ich mir den Schlaf
Aus dem Sinn und lief zum Strande.
Mondhell war's und mild, ich traf
Mann und Kahn auf warmem Sande,
Schläfrig beide, Hirt und Schaf: –
Schläfrig stieß der Kahn vom Lande.

Eine Stunde, leicht auch zwei,
Oder war's ein Jahr? – da sanken
Plötzlich mir Sinn und Gedanken
In ein ew'ges Einerlei,
Und ein Abgrund ohne Schranken
Tat sich auf: – da war's vorbei!

– Morgen kam: auf schwarzen Tiefen
Steht ein Kahn und ruht und ruht …
Was geschah? so rief's, so riefen
Hundert bald: was gab es? Blut? – –
Nichts geschah! Wir schliefen, schliefen
A l l e – ach, so gut! so gut!

Traumestücke

O denkt, um welche Himmelswonne
Des Traumes Tücke mich gebracht:
Es war ein Schinken aus Bayonne …
Ich schnitt ihn an, und bin erwacht!

Lob der Nacht

Und süßer Friede, Ruh und Rast
Folgt auf des Tages Sorg und Last

Nachtgesang

O gib, vom weichen Pfühle,
Träumend, ein halb Gehör!
Bei meinem Saitenspiele
Schlafe! was willst du mehr?

Bei meinem Saitenspiele
Segnet der Sterne Heer
Die ewigen Gefühle;
Schlafe! was willst du mehr?

Die ewigen Gefühle
Heben mich, hoch und hehr,
Aus irdischem Gewühle;
Schlafe! was willst du mehr?

Vom irdischen Gewühle
Trennst du mich nur zu sehr,
Bannst mich in diese Kühle;
Schlafe! was willst du mehr?

Bannst mich in diese Kühle,
Gibst nur im Traum Gehör.
Ach, auf dem weichen Pfühle
Schlafe! was willst du mehr?

Der Schlaf

Abends klopf ich an das Tor des Schlafes.
Lautlos tut sich's auf, entgegen huscht mir
Dienerschaft wie Blätterschattenspiel,
Zwitterzeug aus Wolken und Musik.
Ihnen nach zu seiner Tropfengrotte
Tast ich mich und trinke das Willkommen,
Das er beut: ambrosischen Vergessens
Tiefen Trunk aus seinen kühlen Händen.
Früh erwachend find ich statt der staub'gen
Kleider neue, die wie Lilien schimmern.
So entlässt er den erschöpften Wandrer,
Wie ihr Kind die Mutter aus dem Schoße,
Wieder jung, der gastlichste der Götter.

Die Dämmerstunde

Und wenn die Dämmerstunde kommt,
so kommt sie immer, immer reich
und legt, wie eine Mutter tut,
auf's Haupt mir Hände, lind und weich.

Durch sie wird selbst das Freche fromm;
fast zärtlich dünkt mich jeder Raum,
und als die letzte Spende strömt
ins Herz der treue Tröster Traum.

Doch aus dem Traum löst sich ein Lied
des Morgens mit dem Frührotstrahl,
betaut den Tag und macht mich froh.
… So segnet Dämmrung jedes Mal.

AUGUST HEINRICH HOFFMANN
VON FALLERSLEBEN

Die Sonne sank, der Abend naht

1854

Die Sonne sank, der Abend naht,
Und stiller wird's auf Straß und Pfad,
Und süßer Friede, Ruh und Rast
Folgt auf des Tages Sorg und Last.

Es schweigt der Wald, es schweigt das Tal:
Die Vöglein schlafen allzumal,
Sogar die Blume nicket ein
Und schlummert bis zum Tag hinein.

Schon rieselt nieder kühler Tau
Auf Halm und Blatt in Feld und Au,
Im Laube spielet frische Luft,
Und Blüt und Blume spendet Duft.

Der Abendstern mit güldnem Schein
Blickt in die stille Welt hinein,
Als rief er jedem Herzen zu:
Sei still, sei still, und schlaf auch du!

Der Einsiedler

Komm' Trost der Welt, du stille Nacht!
Wie steigst du von den Bergen sacht,
Die Lüfte alle schlafen,
Ein Schiffer nur noch, wandermüd,
Singt über's Meer sein Abendlied
Zu Gottes Lob im Hafen.

Die Jahre wie die Wolken gehn
Und lassen mich hier einsam stehn,
Die Welt hat mich vergessen,
Da tratst du wunderbar zu mir,
Wenn ich beim Waldesrauschen hier
Gedankenvoll gesessen.

O Trost der Welt, du stille Nacht!
Der Tag hat mich so müd gemacht,
Das weite Meer schon dunkelt,
Lass' ausruhn mich von Lust und Not,
Bis dass das ew'ge Morgenrot
Den stillen Wald durchfunkelt.

Hörst du?

Hörst du so, wie ich es höre,
Wie der Krampf der Nacht verzuckt?
Menschen, Waffen, Leid und Meere
Hat das Dunkel eingeschluckt.
Milder werden deine Lider
Stiller wird die Ruh,
Liebevoller die Gebärden
– – – – – – – – –
O sei stolz! O du!
Morgen wird ein Morgen werden!

Trost der Nacht

I.

Weiche Hände hat die Nacht
Und sie reicht sie mir ins Bette;
Fürchtend, dass ich Tränen hätte,
Streicht sie meine Augen sacht.

Dann verlässt sie das Gemach;
Rauschen hör' ich, sanft und seiden;
Und den Dornenzweig der Leiden
Zieht sie mit der Schleppe nach.

II.

Kommt die Nacht und reicht mir holde Gaben,
– Ach, sonst wach' ich in den Tag hinein –:
Sel'ges Leben, wie es Träume haben,
Sel'ge Träume, die das Leben scheu'n.

Und dann kämpft das halbe Schlafverlangen
Noch im Widerspiel mit Lust und Leid,
Bis die Nacht auf rotgebrannte Wangen
Sanften Mohn aus bleichen Händen streut.

Zur Nacht

O dieses tiefe, wunderbare Schweigen,
als ruhten Dach und Wand und Schwelle aus,
und du kannst nichts als deine Stirne neigen
und leise sagen: »Ja, ich bin zu Haus ...«

Noch einmal rührt der Nachtwind an die Reben ...
war es nicht gestern, dass die Mutter kam
und dir den letzten Kuss zur Nacht gegeben
und dir das Spielzeug aus den Händen nahm?

Wo warst du denn die langen, langen Jahre,
dass dir das Leid nun von den Schultern fällt?
Und dass der Engel, jener wunderbare,
nun still wie einst die Flügel um dich hält?

Dein Herz schlägt sanft, wie damals es geschlagen,
die Sterne hängen still im Himmelsraum,
und hoch im Norden zieht der große Wagen
die Silberspur durch deinen ersten Traum.

Die tröstende Nacht

O Nacht, du treue Trösterin!
Wenn ich auf meinem Lager zage,
So schwebst du vor das Fenster hin
Und hörst geduldig meine Klage.
Und wenn ins Kissen ich mit Stöhnen
Mein tränend Angesicht verhülle,
Hör ich auf einmal eine Fülle
Von Wohllaut mir zu Herzen tönen:

»Getrost, getrost! Ich bin ja hier!
Will dich nach jedem Tage heilen
Und werde kommen einst zu dir,
Um immerdar bei dir zu weilen.
Dann ruhst du, selig vom Vergessen
Durchschauert, fern von Tagesrauschen
Und magst dem sanften Liede lauschen,
Das Winde harfen in Zypressen.«

Abend

Der schnelle Tag ist hin, die Nacht schwingt ihre Fahn
Und führt die Sternen auf. Der Menschen müde Scharen
Verlassen Feld und Werk, wo Tier und Vögel waren,
Traurt itzt die Einsamkeit. Wie ist die Zeit vertan!
Der Port naht mehr und mehr sich zu der Glieder
Kahn.
Gleich wie dies Licht verfiel, so wird in wenig Jahren
Ich, du und was man hat und was man sieht, hinfahren.
Dies Leben kömmt mir vor als eine Renne-Bahn.
Lass, höchster Gott, mich doch nicht auf dem Laufplatz
gleiten!
Lass mich nicht Ach, nicht Pracht, nicht Lust, nicht
Angst verleiten!
Dein ewig-heller Glanz sei vor und neben mir!
Lass, wenn der müde Leib entschläft, die Seele wachen,
Und wenn der letzte Tag wird mit mir Abend machen,
So reiß mich aus dem Tal der Finsternüs zu dir!

Des Schlafes Bruder

Schlafen, Schlafen, nichts, als Schlafen!
Kein Erwachen, keinen Traum!

Die Geschwister

Schlummer und Schlaf, zwei Brüder, zum Dienste der Götter berufen,
Bat sich Prometheus herab seinem Geschlechte zum Trost;
Aber, den Göttern so leicht, doch schwer zu ertragen den Menschen,
Ward nun ihr Schlummer uns Schlaf, ward nun ihr Schlaf uns zum Tod.

Schlaf

Nun trifft es mich, wie's jeden traf,
Ich liege wach, es meidet mich der Schlaf,
Nur im Vorbeigehn flüstert er mir zu:
»Sei nicht in Sorg', ich sammle deine Ruh,
Und tret' ich ehstens wieder in dein Haus,
So zahl' ich alles dir auf einmal aus.«

Einschlafen

Der Tag ist aus, und nun – wie himmlisch wohl wird's tun,
Vergessend seine Müh'n in sanftem Schlaf zu ruh'n.
– Es war ein harter Tag. – Vorüber und vorbei!
Gott gebe, dass, der kommt, ein minder harter sei;
Wenn nicht – nun denn, nun denn! – zu leiden und
zu streben,
Ob mit, ob ohne Lohn, das nennen wir ja leben.
Die oft ersehnte Stund', sie bleibt nicht aus am Ende,
Da man zu ew'ger Rast darf kreuzen seine Hände.
Erlösungsbringer Tod! wer hat nicht dein gedacht,
Als er sich hingestreckt zum Schlaf in stiller Nacht?
Der Schlaf ist kurzer Tod, wir können Probe halten
Vom dunkeln Schicksalsstück, darin als Held zu walten
Jedwedem einst bestimmt. – Wär's jedem auch beschieden,
Mit sich und mit der Welt dahinzugehn in Frieden.

Nächtliche Stunde

Nächtliche Stunde, die mir vergeht,
da ich's ersinne, bedenke und wende,
und diese Nacht geht schon zu Ende.
Draußen ein Vogel sagt: es ist Tag.

Nächtliche Stunde, die mir vergeht,
da ich's ersinne, bedenke und wende,
und dieser Winter geht schon zu Ende.
Draußen ein Vogel sagt: es ist Frühling.

Nächtliche Stunde, die mir vergeht,
da ich's ersinne, bedenke und wende,
und dieses Leben geht schon zu Ende.
Draußen ein Vogel sagt: es ist Tod.

Der Schlaf

Man hat schon oft gesagt,
Du seiest des Todes Bild,
O Knabe, still und mild,
Süßer Schlaf!

Ich aber versteh' es:
Weil die wilden Gedanken,
Die umgetriebenen, todeskranken,
Nicht mehr sind.

Morden kann ich sie nicht,
Aber sie nicken und schlummern ein
In deinem Dämmerschein
Ganz sachte.

Bringst du denn nicht auch bald,
Wenn ich ruf' und flehe zu dir,
Deinen bleichen Bruder mir
An der Hand?

Bringst du ihn immer nicht?
Er hat, was das Herz vermisst,
Hat, was das Beste ist,
Kein Erwachen.

Klage

Schlaf und Tod, die düstern Adler
Umrauschen nachtlang dieses Haupt:
Des Menschen goldnes Bildnis
Verschlänge die eisige Woge
Der Ewigkeit. An schaurigen Riffen
Zerschellt der purpurne Leib
Und es klagt die dunkle Stimme
Über dem Meer.
Schwester stürmischer Schwermut
Sieh ein ängstlicher Kahn versinkt
Unter Sternen,
Dem schweigenden Antlitz der Nacht.

Unter einer Decke

Nachts
wenn die Gedanken
einschlagen
treten die Toten
aus ihren Verstecken

Ihre Augen
bezwingen mich
ihre bemoosten Stimmen
überzeugen mich

Wir unterhalten uns
über irdische Dinge
alles interessiert sie
ich kann ihre Fragen
nicht beantworten
sie sind besser unterrichtet
Manchmal ergibt sich
ein Gespräch
über Hölderlin oder Spinoza

Nie ist die Rede davon
dass sie tot sind
Ihre Rede ist klar
Licht und Schatten
verteilt
Wir vergessen den Zwischenfall

Tod
wir sind ja hier
unter einer Decke beisammen
nichts hindert mich anzunehmen
dass ich noch lebe

Schlafen, Schlafen, nichts, als Schlafen!
Kein Erwachen, keinen Traum!
Jener Wehen, die mich trafen,
Leisestes Erinnern kaum.
Dass ich, wenn des Lebens Fülle
Nieder klingt in meine Ruh',
Nur noch tiefer mich verhülle,
Fester zu die Augen tu'!

Verzeichnis der Autorinnen und Autoren, Gedichte und Druckvorlagen

ROSE AUSLÄNDER (1901–1988)

125 Unter einer Decke
R. A.: Gesammelte Werke. Und preise die kühlende Liebe der Luft. Gedichte 1983-1987. Hrsg. von Helmut Braun. Frankfurt a. M.: Fischer, 1988. S. 150. – © 1988, S. Fischer Verlag GmbH, Frankfurt am Main.

ERNST BLASS (1890–1939)

112 Hörst du?
E. B.: Die Straßen komme ich entlang geweht. Sämtliche Gedichte. Hrsg. von Thomas B. Schumann. München/Wien: Carl Hanser, 1980. S. 18.

JOACHIM CHRISTIAN BLUM (1739–1790)

73 An den Schlaf
J. C. B.: Joachim Christian Blums sämmtliche Gedichte. Erster Theil: Lyrische Gedichte. Zweytes Buch. Reuttlingen: Joh. Georg Fleischhauer, 1782. S. 45 f.

EMANUEL VON BODMAN (1874–1946)

11 In der Nacht
E. v. B.: Die gesamten Werke. Bd. 1: Der Wandrer und der Weg. Lyrik der Frühzeit. Hrsg. von Karl Preisendanz. Stuttgart: Reclam, 1960. S. 268.

RUDOLF BORCHARDT (1877–1945)

12 Dämmerung
R. B.: Gedichte II. Übertragungen II. Hrsg. von Marie Luise Borchardt und Ulrich Ott. Stuttgart: Klett-Cotta, 1985. S. 78.

CLEMENS BRENTANO (1778–1842)

27 *Hörst du wie die Brunnen rauschen*
C. B.: Werke. Bd. 1. Hrsg. von Wolfgang Frühwald, Bernhard Gajek und Friedhelm Kemp. München: Carl Hanser, 1968. S. 252.

WILHELM BUSCH (1832–1908)

32 Es spukt
W. B.: Sämtliche Werke. Bd. 6: Hernach [u. a.]. Hrsg. von Otto Nöldeke. München: Braun & Schneider, 1943. S. 312.

HANS CAROSSA (1878–1956)

25 Der alte Brunnen
H. C.: Gedichte. Die Veröffentlichungen zu Lebzeiten und Gedichte aus dem Nachlass. Hrsg. von Eva Kampmann-Carossa. Frankfurt a. M.: Insel Verlag, 1995. S. 66.

IGNAZ FRANZ CASTELLI (1781–1862)

70 Schlummerlied
I. F. C.: I. F. Castelli's Gedichte. Drittes Bändchen. Wien 1844. S. 151.

PETER CORNELIUS (1824–1874)

47 Ich lag im stillen Zimmer
P. C.: Gedichte. Hrsg. vom Allgemeinen Deutschen Musikverein. Leipzig: C. F. Kahnt Nachfolger, 1890. S. 96.

HILDE DOMIN (1909–2006)

45 Manchmal
H. D.: Sämtliche Gedichte. Hrsg. von Nikola Herweg und Melanie Reinhold. Mit einem Nachwort von Ruth Krüger. Frankfurt a. M.: S. Fischer, 2009, S. 294. –

MARIE VON EBNER-ESCHENBACH (1830–1916)

121 Einschlafen
M. v. E.-E.: Sämtliche Werke. Bd. 4: Unsühnbar [u. a.]. Berlin: Gebr. Paetel und Verlagsanstalt Herm. Klemm AG, 1920. S. 568. [Auszug]

MURAD EFENDI [d. i. Franz von Werner] (1836–1881)

99 *Im Traum erschien mir die Madonna*
M. E.: Ost und West. Gedichte. Oldenburg: Schulzesche Hof-Buchhandlung und Hof-Buchdruckerei, 1881. S. 106.

JOSEPH VON EICHENDORFF (1788–1857)

111 Der Einsiedler
J. v. E.: Sämtliche Gedichte und Versepen. Hrsg. von Hartwig Schulz. Frankfurt a. M. / Leipzig: Insel Verlag, 2007. S. 266.

ALICE EKERT-ROTHOLZ (1900–1995)

21 Im Tunnel der Nacht
A. E.-R.: Im feurigen Licht. Gesammelte Gedichte 1929 – 1993. Hrsg. von Heinz Redwood. Hamburg: Hoffmann und Campe, 2000. S. 245.

GERRIT ENGELKE (1890–1918)

58 Nach schwerem Traum
G. E.: Das Gesamtwerk. Rhythmus des neuen Europa. Hrsg. von Hermann Blome. München: Paul List, 1960. S. 116.

HEINZ ERHARDT (1909–1979)

29 Ein Traum
H. E.: Die Gedichte . Mit Illustrationen von Jutta Bauer. Oldenburg: Carlsen, 2016. S. 70. – © Lappan in der Carlsen Verlag GmbH, Hamburg 2015.

GUSTAV FALKE (1853–1916)

33 Was war es?
G. F.: Neue Fahrt. Gedichte. Hamburg: Alfred Janssen, 1897. S. 84 f.

GOTTFRIED FEINLER (1650–1721)

55 Als er des Nachts nicht schlafen kunnte
Wir vergehn wie Rauch von starken Winden. Deutsche Gedichte des 17. Jahrhunderts. Hrsg. von Eberhard Haufe. Berlin: Rütten & Loening, 1985. S. 210.

THEODOR FONTANE (1819–1898)

120 Schlaf
T. F.: Gedichte in einem Band. Hrsg. von Otto Drude. Frankfurt a. M. / Leipzig: Insel Verlag, 1998. S. 46.

CLARA FORRER (1868–1950)

101 Ein Traum
C. F.: Blütenschnee. Neue Gedichte. Zürich: Albert Raustein, 1895. S. 34.

EMANUEL GEIBEL (1815–1884)

18 Reue
E. G.: Geibels Werke. Hrsg. von Wolfgang Stammler. Leipzig/ Wien: Bibliographisches Institut, 1920. S. 74.

STEFAN GEORGE (1868–1933)

62 Das Bild
S. G.: Die Gedichte. Tage und Taten. Stuttgart: Klett-Cotta, 2003. S. 73.

JOHANN WOLFGANG GOETHE (1749–1832)

67 (1) An den Schlaf
107 (2) Nachtgesang
119 (3) Die Geschwister

J. W. G.: Goethes Sämtliche Werke. Bd. 1: Gedichte. Hrsg. von Ludwig Krähe. Berlin/Leipzig: Tempel Verlag, 1929. (1) S. 40 f. – (2) S. 144 f.
J. W. G.: Goethes Sämtliche Werke. Bd. 2: Dichtungen in antiker Form und Der Divan. Hrsg. von Ludwig Krähe. Berlin/Leipzig: Tempel Verlag, 1929. (3) S. 3 f.

ANASTASIUS GRÜN [d. i. Anton Alexander Graf von Auersberg] (1806–1876)

31 Aus Gastein
A. G.: Anastasius Grüns Werke in sechs Teilen. 2. Teil: Lyrische Dichtungen 1. Hrsg. von Eduard Castle. Berlin [u. a.]: Deutsches Verlagshaus Bong & Co., [ca. 1909]. S. 156.

ANDREAS GRYPHIUS (1616–1664)

116 Abend
Wir vergehn wie Rauch von starken Winden. Deutsche Gedichte des 17. Jahrhunderts. Bd. 1. Hrsg. von Eberhard Haufe. Berlin: Rütten & Loening, 1985. S. 282.

KAROLINE VON GÜNDERODE (1780–1806)

46 Des Knaben Abendgruß
K. v. G.: Gesammelte Werke der Karoline von Günderode. Bd. 3. Berlin-Wilmersdorf: Bibliophiler Verlag O. Goldschmitt-Gabrielli, 1922. S. 17.

FRIEDRICH VON HAGEDORN (1708–1754)

68 An den Schlaf
F. v. H.: Sammlung neuer Oden und Lieder. Zweyter Theil. Hamburg: Johann Carl Bohn, 1752. S. 66 f.

ROBERT HAMERLING (1830–1889)

43 Einsam um Mitternacht
R. H.: Sinnen und Minnen. Ein Jugendleben in Liedern. Hamburg/Leipzig: Jean Paul Friedrich Eugen Richter, 1868. S. 30.

JOHANN CHRISTOPH FRIEDRICH HAUG (1761–1829)
72 An den Schlaf
J. C. F. H.: Epigrammen und vermischte Gedichte. Zweiter Band. Berlin: Johann Friedrich Unger, 1805. S. 233. [Auszug]

FRIEDRICH HEBBEL (1813–1863)
127 *Schlafen, Schlafen, nichts, als Schlafen!*
F. H.: Hebbels Werke in zehn Teilen. Erster Teil: Gedichte – Mutter und Kind. Hrsg. von Theodor Poppe. Berlin [u. a.]: Deutsches Verlagshaus Bong & Co., 1908. S. 186.

HEINRICH HEINE (1797–1856)
97 *Ich hab im Traum geweinet*
H. H.: Sämtliche Gedichte. Hrsg. von Bernd Kortländer. Stuttgart: Reclam, 2023. S. 106.

MAX HERRMANN-NEISSE (1886–1941)
63 Nächtliche Angst
M. H.-N.: Gesammelte Werke. Bd. 2: Um uns die Fremde. Gedichte 2. Hrsg. von Klaus Völker. Frankfurt a. M.: Zweitausendeins, 1986. S. 157.

WILHELM HERTZ (1835–1902)
69 Komm, süßer Schlaf
W. H.: Gedichte. Hamburg 1859. S. 105.

HERMANN HESSE (1877–1962)
95 Eine Stunde hinter Mitternacht
H. H.: Sämtliche Werke in 20 Bänden. Band 10: Die Gedichte. Hrsg. von Volker Michels. Frankfurt a. M.: Suhrkamp, 2002. –

FRANZ HESSEL (1880–1941)

100 *Auf dunklen Wassern rauscht die Nacht*
Avalun. Ein Jahrbuch neuer deutscher lyrischer Wortkunst. Jg. 1. Hrsg. von Richard Scheid. München 1901. Bl. XII.

GEORG HEYM (1887–1912)

64 Nacht
G. H.: Dichtungen und Schriften. Gesamtausgabe. Bd. 1: Lyrik. Hrsg. von Karl Ludwig Schneider. Hamburg: Heinrich Ellermann, 1964. S. 388.

PAUL HEYSE (1830–1914)

48 Bei Nacht
P. H.: Gedichte. Berlin: Wilhelm Hertz (Bessersche Buchhandlung), [7]1901. S. 49 f.

AUGUST HEINRICH HOFFMANN VON FALLERSLEBEN (1798–1874)

110 Die Sonne sank, der Abend naht
A. H. H. v. F.: Gedichte und Lieder. Hrsg. von Hermann Wendebourg und Anneliese Gebert. Hamburg: Hoffmann und Campe, 1974. S. 146.

ARNO HOLZ (1863–1929)

75 Schwermüdes Zubettgehn
A. H.: Werke. Bd. 1: Phantasus I. Hrsg. von Wilhelm Emrich und Anita Holz. Neuwied am Rhein: Luchterhand, 1961. S. 351 f.

RICARDA HUCH (1864–1947)

108 Der Schlaf
R. H.: Gesammelte Werke. Bd. 5: Gedichte, Dramen, Reden, Aufsätze und andere Schriften. Hrsg. von Wilhelm Emrich. Köln/Berlin: Kiepenheuer & Witsch, 1971. S. 270.

MARIE ITZEROTT (1857–?)

16 Nachts
M. I.: Meine Lieder. Gedichte. Hrsg. von Friedrich Hefty. Preßburg/Leipzig: G. Heckenast's Nachfolger, Rudolf Drodtleff, 1896. S. 29.

LUDWIG JACOBOWSKI (1868–1900)

113 Trost der Nacht
L. J.: Leuchtende Tage. Neue Gedichte. 1896–1898. Minden in Westf.: J. C. C. Bruns, 1900. S. 17.

FRIEDA JUNG (1865–1929)

85 Im Einschlafen
F. J.: Neue Gedichte. Königsberg Pr.: Gräfe und Unzer, 1927. S. 30.

MASCHA KALÉKO (1907–1975)

35 Wenn man nachts nicht schlafen kann …
M. K.: Das lyrische Stenogrammheft. Kleines Lesebuch für Große. Hamburg: Rowohlt Taschenbuch, [27]2003. S. 12. – Mit freundlicher Genehmigung von dtv Verlagsgesellschaft mbH & Co. KG.

HANS KALTNEKER (1895–1919)

84 Vor dem Einschlafen
H. K.: Dichtungen und Dramen. Hrsg. von Paul Zsolnay. Berlin/Wien/Leipzig: Paul Zsolnay, 1925. S. 36.

JUSTINUS KERNER (1786–1862)

96 Der schwere Traum
J. K.: Kerners Werke. Auswahl in sechs Teilen. Zweiter Teil: Gedichte. Hrsg. von Raimund Pissin. Berlin [u. a.]: Deutsches Verlagshaus Bong & Co., 1914. S. 51.

KLABUND [d. i. Alfred Henschke] (1890–1928)

28 Schlaflose Nacht
K.: Werke in acht Bänden. Heidelberg: Elfenbein Verlag, 2000. S. 663. Bd. 4: Gedichte. Hrsg. von Ralf Georg Bogner.

KARL ERNST KNODT (1856–1917)

109 Die Dämmerstunde
K. E. K.: Lösungen und Erlösungen. München: Müller & Fröhlich Verlagsbuchhandlung, 1916. S. 65.

GERTRUD KOLMAR [d. i. Gertrud Chodziesner] (1894–1943)

83 Die Müde
G. K.: Das lyrische Werk. Gedichte 1927–1937. Hrsg. von Regina Nörtemann. Göttingen: Wallstein, 2003. S. 155.

THEODOR KÖRNER (1791–1813)

51 In der Nacht
T. K.: Theodor Körners sämtliche Werke in einem Bande. Hrsg. von Albert Zipper. Leipzig: Reclam, 1921. S. 157 f.

THEODOR KRAMER (1897–1958)

50 Nun lieg ich wach …
T. K.: Gesammelte Gedichte. Bd. 1. Hrsg. von Erwin Chvojka. Wien: Europa Verlag, 1984. S. 580. –

KARL KRAUS (1874–1936)

122 Nächtliche Stunde
K. K: Schriften. Bd. 9: Gedichte. Hrsg. von Christian Wagenknecht. Frankfurt a. M.: Suhrkamp, 1989. S. 442.

CHRISTINE LAVANT [d. i. Christine Habernig] (1915–1973)

77 *Alter Schlaf, wo hast du deine Söhne?*
C. L.: Zu Lebzeiten veröffentlichte Gedichte. Hrsg. von Doris Moser und Fabjan Hafner. Göttingen: Wallstein, 2014. S. 160. –

 NIKOLAUS LENAU [d. i. Nikolaus Franz Niembsch, Edler von Strehlenau] (1802–1850)

13 Schlaflose Nacht
N. L.: Nikolaus Lenau's Sämtliche Werke in zwei Bänden. Erster Band. Bonn: Röhrscheid & Ebbecke, [o. J.]. S. 205 f.

DETLEV VON LILIENCRON (1844–1909)

78 Bitte an den Schlaf, nach schwersten Stunden
D. v. L.: Gesammelte Werke. Bd. 2: Gedichte. Hrsg. von Richard Dehmel. Stuttgart/Berlin/Leipzig: Deutsche Verlags-Anstalt, 1923. S. 392.

HERMANN LINGG (1820–1905)

44 Fernsprache
H. L.: Ausgewählte Gedichte. Hrsg. von Paul Heyse. Stuttgart/Berlin: J. G. Cotta'sche Buchhandlung Nachfolger, 1905. S. 20.

OSKAR LOERKE (1884–1941)

30 Nachts
O. L.: Sämtliche Gedichte. Hrsg. von Uwe Pörsken und Wolfgang Wenzel. Göttingen: Wallstein Verlag, 2010. S. 493.

KURT MARTI (1921–2017)

81 einschlafzeilen
K. M.: Abendland. Darmstadt/Neuwied: Luchterhand 1980. S. 250. – © Kurt Marti Stiftung, Bern.

CONRAD FERDINAND MEYER (1825–1898)

26 Nachtgeräusche
C. F. M.: Sämtliche Werke. Historisch-Kritische Ausgabe. Bd. 1: Gedichte. Bern: Benteli-Verlag, 1963. S. 26.

CHRISTIAN MORGENSTERN (1871–1914)

71 *Schlummern möcht' ich*
C. M.: Werke und Briefe. Bd. 1: Lyrik 1887–1905. Hrsg. von Martin Kießig. Stuttgart: Verlag Urachhaus, 1988. S. 523.

EDUARD MÖRIKE (1804–1875)

41 Lied eines Verliebten
E. M.: Gesammelte Werke in zwei Bänden. Bd. 1: Einleitung. Gedichte. Idylle am Bodensee. Novellen und Märchen. Hrsg. von Hans-Jürgen Meinerts. Gütersloh: Bertelsmann, 1983. S. 99.

ERICH MÜHSAM (1878–1934)

60 *Das sind die Nächte, die mir Furcht erregen*
E. M.: Wüste – Krater – Wolken. Die Gedichte. Berlin, Paul Cassirer, 1914. S. 197.

WILHELM MÜLLER (1794–1827)

42 Nachtwandlerin Liebe
W. M.: Werke. Tagebücher. Briefe. Bd. 2: Gedichte 2. Hrsg. von Maria-Verena Leistner. Berlin: Mathias Gatza, 1994. S. 166.

FRIEDRICH NIETZSCHE (1844–1900)

103 Der geheimnisvolle Nachen
F. N.: Die Fröhliche Wissenschaft. Stuttgart: Alfred Kröner, ^{7}1986. S. 309 f.

LUDWIG PFAU (1821–1894)

98 Traum
L. P.: Gedichte. Stuttgart: Adolf Bonz & Comp., ^{4}1889. S. 88.

RAINER MARIA RILKE (1875–1926)

89 Zum Einschlafen zu sagen
R. M. R.: Die Gedichte. Frankfurt a. M.: Insel Verlag, ^{3}1987. S. 337.

JOACHIM RINGELNATZ (1883–1934)

93 Ein Traum
J. R.: Sämtliche Gedichte. Zürich: Diogenes Verlag, 1997. S. 39 f.

ANNA RITTER (1865–1921)

59 Dämon
A. R.: Befreiung. Neue Gedichte. Stuttgart: J. G. Cotta'sche Buchhandlung Nachfolger, 1900. S. 85.

OTTO ROQUETTE (1824–1896)

15 Glück der Stunde
O. R.: Gedichte. Stuttgart: Verlag der J. G. Cotta'schen Buchhandlung, ^{3}1880. S. 29.

EUGEN ROTH (1895–1976)

22 Phantastereien
E. R.: Sämtliche Werke. Bd. 1: Heitere Verse. München/Wien: Carl Hanser, 1977. S. 25. – Mit freundlicher Genehmigung von Georg Fichtner, München.

FRIEDRICH RÜCKERT (1788–1866)

14 Schlummerlied
F. R.: Friedrich Rückerts Werke in sechs Bänden. Bd. 3. Abt. 1: Lyrik. Hrsg. von Conrad Beyer. Leipzig: Max Hesses Verlag, 1897. S. 124.

RICHARD VON SCHAUKAL (1874–1942)

102 Der Traum
R. v. S.: Gedichte. Pierrot und Colombine oder das Lied von der Ehe [u. a.]. Hrsg. von Lotte von Schaukal und Joachim Schondorff. München/Wien: Albert Langen Georg Müller Verlag GmbH, 1967. S. 177.

JOSEPH VICTOR SCHEFFEL (1826–1886)

56 *Nacht, wie bist du lang und bange*
J. V. S.: Der Trompeter von Säckingen. Ein Sang vom Oberrhein. Stuttgart: J. B. Metzler'sche Buchhandlung, ^{4}1865. S. 193. [Auszug]

HEINRICH SEIDEL (1842–1906)

104 Traumestücke
H. S.: Neues Glockenspiel. Gesammelte Gedichte. Leipzig: A. G. Liebeskind, 1894. S. 269.

LEO STERNBERG (1876–1937)

19 Stimme der Nacht
L. S.: Leyer, Wanderstab und Sterne. Gedichte. Wiesbaden: Verlag von Heinrich Staadt, 1900. S. 115 f.

FRANCISCA STOECKLIN (1894–1931)

61 Angst
F. S.: Lyrik und Prosa. Hrsg. von Beatrice Mall-Grob. Bern/Stuttgart/Wien: Verlag Paul Haupt Berne, 1995. S. 29.

THEODOR STORM (1817–1888)

88 Zur Nacht
T. S.: Sämtliche Werke in zwei Bänden. Bd. 2. München: Winkler, ^{7}1982. S. 914.

LUDWIG STRAUSS (1892–1953)

82 Im Einschlafen
L. S.: Dichtungen und Schriften. Hrsg. von Werner Kraft. München: Kösel, 1963. S. 18.

GEORG TRAKL (1887–1914)

124 Klage
G. T.: Dichtungen und Briefe. Bd. 1: Gedichte [u. a.]. Hrsg. von Walther Killy und Hans Szklenar. Salzburg: Otto Müller Verlag, 1969. S. 166.

KURT TUCHOLSKY (1890–1935)

17 Sie schläft
K. T.: Gesammelte Werke. Bd. 2: 1925–1928. Hrsg. von Mary Gerold-Tucholsky und Fritz J. Raddatz. Reinbek bei Hamburg: Rowohlt, 1960. S. 1249.

LUDWIG UHLAND (1787–1862)

57 Schwere Träume
L. U.: Gesammelte Werke in acht Teilen. Erster Teil: Vorwort / Uhlands Leben und Schaffen / Gedichte I. Hrsg. von Walter Reinöhl. Leipzig: Hesse & Becker, 1926. S. 55.

FRIEDRICH THEODOR VISCHER (1807–1887)

123 Der Schlaf
F. T. V.: Dichterische Werke. Bd. 3: Lyrische Gänge. Leipzig: Verlag der Weißen Bücher, 1917. S. 9 f.

GEORG VON DER VRING (1889–1968)

87 Im Einschlafen
G. v. d. V.: Die Gedichte. Gesamtausgabe der veröffentlichten Gedichte und eine Auswahl aus dem Nachlass. Hrsg. von Christiane Peter und Kristian Wachinger. Ebenhausen b. München: Langewiesche-Brandt, 1996. S. 386. – © C. H. Beck, München.

JOSEF WEINHEBER (1892–1945)

90 Vor dem Einschlafen
J. W.: Gedichte. Hamburg: Hoffmann und Campe, [2]1978. S. 70.

FRANZ WERFEL (1890–1945)

37 Sequenz von den Schritten
F. W.: Das lyrische Werk. Hrsg. von Adolf D. Klarmann. Frankfurt a. M.: S. Fischer Verlag, 1967. S. 439 f.

ERNST WIECHERT (1887–1950)

114 Zur Nacht
E. W.: Meine Gedichte. München: Kurt Desch, 1952. S. 66.

CHRISTOPH MARTIN WIELAND (1733–1813)

86 *Allmählich wiegt die Wonnetrunkenheit*
C. M. W.: Sämtliche Werke. Bd. 22: Oberon. Erster Theil. Leipzig: Georg Joachim Göschen, 1796. S. 236.

ANTON WILDGANS (1881–1932)

74 An den Schlaf
A. W.: Gesammelte Werke. Bd. 1: Buch der Gedichte [u. a.]. Leipzig: L. Staakmann Verlag, 1930. S. 273.

BRUNO WILLE (1860–1928)

115 Die tröstende Nacht
B. W.: Der heilige Hain. Ausgewählte Gedichte. Jena: Eugen Diederichs, 1908. S. 130.

STEFAN ZWEIG (1881–1942)

49 Aus schweren Nächten …
S. Z.: Silberne Saiten. Gedichte und Nachdichtungen. Hrsg. von Richard Friedenthal. Frankfurt a. M.: S. Fischer Verlag, 1966. S. 39.

Der Verlag Philipp Reclam jun. dankt den Rechteinhabern für die Nachdruck- und Reproduktionsgenehmigung. In einigen Fällen konnten die Rechteinhaber nicht ermittelt werden. Hier ist der Verlag bereit, nach Anforderung rechtmäßige Ansprüche abzugelten.